KB206965

갈 곳 없는 바람

갈 곳 없는 바람

예창해 시집

푸른사상

■ 책머리에

나는 시인이 아니다.

내 시도 창작을 위한 작업으로 이루어진 것이 아니다.

내 시는 나의 일기와 같은 것이다. 처음부터 그렇게 시작되었다.

살다보면 그날 그날 가슴 속에 스치고 쌓이고 흐르고 맺히는 것들을 하늘과 땅 어디에도 풀어 놓을 데가 없어 밤에 혼자 앉아 종이 위에 풀어 놓는 일기.

내 시는 나의 속을 풀기 위한 외로운 풀이굿이다.

이런 것을 지금 와서 책으로 묶는 내 심사를 사실은 나도 잘 모르겠다. 어떤 아마추어 무선사가 외로운 나머지 누구에랄 것도 없이 허공에다 전파를 띄워보는 그런 심사 같은 것일까?

두고두고 후회할 것 같아서 오래 망설였는데, 뜻밖에 김용직 선생님께서 용기를 주셔서 한번 저질러 보기로 한 것이다.

누가 알겠는가. 세상 어느 구석에는 나같은 사람도 있어서 이 주파수 없는 전파를 잡아 볼 사람이 있을지.

오래 소식 모르고 지낸 옛 친구들에게 문안 엽서 삼아 몇 권 띄워 보내고, 가까이 있는 친구들에게는 파한거리로 한 권씩 돌리고, 날 알지 못할 미래의 내 손녀, 손자들에게 할애비 흔적으로 한 권 남겨 주는 것도 괜찮지 않을까 싶다.

책을 만들어 주신 한봉숙 사장님과, 함께 수고해 주신 여러분께 따뜻한 인사를 드린다.

2008년 새봄

저자 씀

차례

제1부 여로

차례

제2부 갈 곳 없는 바람

제3부 적 막

차례

제4부 사람이 꽃보다 아름답다 하는가

제1부
여로

枯木

몇 백 년 풍상을 겪었을까.
죽고서야, 생명의 집념
잎 떨구듯 털어 버리고
인연因緣도 끊고
무심無心,
무채색의 빈 형상으로 섰다.

이제 세월도 무연無緣커니,
언젠가 빈 형상마저 바스러져
흙이 되고,
세상의 기억에서도 사라지면
그 때
흔적 없는 바람으로 일어나
자유가 될 것인가.

2003. 11.

旅路

작은 포구에
눈이 내린다.

떠났던 사람들이
오랜 타향살이에 지친
몸을 끌고
마침내 돌아오는가.
그렇게 눈이 내린다.

고향 떠난 영혼이
어디선들 고달프지 않았으랴.
어디나 껍데기만 남은 세상
더러는 그마저 사라진 세상에
남아 있어서 고마운 고향,
반갑고 눈물 나는가.
그렇게 눈이 내린다.

외로운 여로에
작은 포구 하나.

연고 없는 나그네가
스며들 수 없는,
다만 이만치 서서
바라볼 수밖에 없는
꿈같은 그림 한 폭.

슬픔인 듯 기쁨인 듯
눈이 내리고
날이 저문다.

끼룩 끼룩
갈매기 한 마리.

2007. 12.

山寺

어느 하늘 아래
마음 머무는 곳 있을까 싶어
한 여름을
바람 따라 떠돌다가

무심코 들른 산사山寺
적막한 대낮.

풍경도 스님도
명상에 들었는가
움직이는 그림자 하나 없고
햇살 쏟아지는
백사白砂의 절마당
비등하는 백열白熱.

눈이 부셔
눈 감으니
의식은 아지랑이 되어 증발하고
세계는 다만

백광무량白光無量의 공백空白.

구천九泉에서 들려오는
매미 소리만 아물아물

"덧없다 덧없다."
"뜻없다 뜻없다."

2002. 7.

장꾼

우리는 모두
한 나절 난장의
장꾼이었다가
날 저물고
장이 파하면
뿔뿔이 돌아가는 사람들

돌아가는 길은
적막한 황혼길
가다보면 혼자 가는 길

한낮, 해일처럼 솟구치던
난장판의 소란도
욕망의 아우성도
꿈결처럼 아득해지고

시간이 소멸된 기억의 잔상들이
낡은 흑백사진 조각처럼
의식의 강물에 부침하고

마침내 길 끝이
깊은 어둠 속으로 사라지는 즈음에서
발길을 멈추고 잠시
생각해 보면

인생은
한 줄기 눈물이거나
허허로운 미소.

2007. 5.

외로워서 힘이 들 때는

외로워서 힘이 들 때는
아무도 없는 곳을 찾아
혼자 앉으세요.

혼자 앉아서
이름을 부르세요.
부를 이름이 없거든
자기 이름을 부르세요.
그리고
외롭다고 말하세요.

외롭다고 말하면
슬퍼질 거예요.
슬퍼서 눈물이 나거든
그냥 흘리세요.
목 놓아 울고 싶거든
그렇게 하세요.

그런다고 외로움이
가시지는 않겠지만
조금은 나아질 거예요.

외로움이 슬픔이 되고
슬픔을 하염없이
슬퍼하고 나면
긴 한숨이 나올 거예요.
그러면 한 결
수월해질 거예요.

외로워서 힘이 들 때는
이름을 부르세요.
그리고
외롭다고 말하세요.

2003. 10.

너와집

깊은 산
흰 봉우리
그 무릎 아래
흰 지붕 하나
쓸쓸하지 않다.

영원처럼 눈은 내리고
뿌연 눈 안개 속에
전설처럼 앉아 있는
너와 집 하나.

억겁을 돌아
기어코 만날 내 님을
저기 모셔다가
내 가슴에 장작불 지펴
님을 녹이고,
한 오 백 년
뜨겁게 또 포근하게
원도 한도 없이

사랑하고 나면,

그 때
내 혼백
순백의 환희로 불꽃처럼 터져
또 한 오 백 년
펄펄 함박눈 내릴 것이다.

2006. 5.

歸鄕

그것은 귀향이어야 한다.
조용한 귀향이어야 한다.

그것은
함께 씨 뿌려
김 매고 거름 주고
세월을 기다려 수확하는
농사이어야 한다.

그것은
손수 마련한 장작으로
화덕에 불을 피우고
주홍빛 일렁이는 순결한 불꽃을
무념無念으로 응시하는 눈길이어야 한다.

그것은
고향의 토양에 뿌리 내리고
백년을 자라는 나무이어야 한다.

마침내 그것은
지친 영혼들이 돌아와 쉬어 가는
넉넉한 그늘이어야 한다.

사랑은.

2005. 3.

박꽃

세상 잡것들 모두
어둠에 묻히고
맑은 정령들만 깨어 있어
정밀히 교감하는
청정한 우주.

그 정기 오롯이 받아
순수를 잉태하기 위하여
박꽃은
하룻밤에 일생을 산다.

2006. 4.

瀑布

물이여!
장엄한 물이여!
결단코 역류를 거부하는
순리順理의 화신이여!
눈앞이 천길 단애斷崖라도 눈 부릅뜨고
주저 없이 몸을 던져
억 만 개 보석으로 부서지는
폭포.

절망의 울부짖음 아니라
탐욕의 아우성 아니라
권력의 개짖음 아니라
타락한 인자人子들 심장에
번개칼 내리꽂는
청천의 벽력.

햇살 빛나는 날
오색 무지개로 현현할
아름다운 혼魂이여!

2004. 3.

淸聲曲

청솔 청청靑靑
솔바람 소리

청대 청청靑靑
대바람 소리

청대 끝에
흐르는 흰 구름

달빛 이슬에
젖는 청솔

솔바람 대바람
일렁이는 달그림자

일렁이며 일렁이며
하늘끝을 도는
대금大笒 청성곡淸聲曲

세상은
적막하고…

2004. 5.

월정사 달빛

월정사 달빛으로
치렁치렁 머리 감고
뽀독뽀독 문질러
때 벗기고
그 자리에 앉아서
선정禪定에 들면
은실 청실 월정月精이
내 몸에 들어
월정사 달빛처럼
청정淸淨할 수 있을까.

사랑도 분노도
술 익듯이 익어
마알간 소주처럼
증류될 수 있을까.

우리네 아픈 사랑
가시 돋친 분노가
다 피의 불길이거니

그 화기火氣 소주처럼
흔적 없이 안으로 녹여
월정사 달빛처럼
정밀靜謐할 수 있을까.

오대산 줄기 줄기
흥건히 달빛에 젖어
월정사 계곡에
달빛 강이 흐른다.

2004. 1.

雪山에서

세상에 눈이 내려
이 산속에 눈이 내려
하늘과 땅이 일색一色으로 이어지고
큰 나무 작은 나무
헐벗은 나무 두둑이 입은 나무가
함께 하얗게 늙어
신선이 되었다.

이러한 때
산새 한 마리 날지 않고
바람 한 점 일지 않음은
또 무슨 조화던가.

생명 있는 것이
생명 없는 것과 다르지 않고
산 것과 죽은 것이 한 가지다.
이럴진대
있음과 없음이 또한
뭬 다를 것인가.

눈 덮인 산속,
만상이 분명 있으되
없음과 다름없는 이 적멸寂滅
적멸寂滅의 화평和平이여.

열반涅槃이 적멸寂滅임을
알 듯도 한데,
알 듯도 한데…

문득 눈물이 고여
세상이 형상을 잃고
하얀 적멸寂滅이다.

2004. 1.

鶴

새벽 샘물 길어
정화수 한 대접
고개 숙여 합장한
세모시 서늘한 소복
곱게 빗어 쪽진 머리에
정갈한 새벽 빛.

하나를 버려
둘을 버려
버리고 또 버리고
마침내
버리는 것을 버려,
무명처럼 하얗게
바랜 영혼이고서야

밤안개 걷히는 자리
굽이굽이 월인강月印江.

서럽다 하랴
원통타 하랴
천년의 무게
천년의 침묵으로
강물 따라 청산青山 자락을
학이 흐른다.

2002. 6.

山

산은
잎이 피면 잎이 피어
산답고,
꽃이 피면 꽃이 피어
산답다.
단풍들면 단풍들어
산답고,
잎이 지면 잎이 져서
산답다.
비가 오면 비가 와서
산답고,
눈이 오면 눈이 와서
산답다.

하늘이 눈부시게 푸르르면
크게 웃어 화답하고,
구름이 내려오면
볼 부비고,
밤안개 찾아들면

품고 잔다.

산이
어찌하여 산인지를
묻는 이는 없다.

1996. 10.

억새꽃

억새는
인간을 싫어하는가.

인적 드문 산자락
바람 많은 황무지에
저들끼리 무더기 무더기로 자라
서걱서걱 몸을 부비며 산다.

쪽빛 하늘이 아득히 날아올라
구만리 장천
햇살 반짝이는 투명한 허공
그 아랫자리에
참말 꽃 같지 않은, 그러나
꽃보다 아름다운
억새꽃 바다
빛나는 순백의 물결.

욕망도 소망도 타고난 바 없던가.
본성이 가을 하늘,

가을 허공을 닮았는가.
표정도 몸짓도 한결같이
허虛 · 공空

진실로
비어서 충만한
혼魂이여!

2001. 11.

동백꽃

이름이 동백이라서
동백이기 위해
동백으로 사는 것이
이 풍토에서는
천형같은 아픔이던가.

외딴 섬
눈보라 속에
피로 터지는
동백꽃.

2005. 2.

갈대

갈대야,
물가의 갈대야,

태어난 자리에 뿌리가 박혀
아래로는 물살에 시달리고
위로는 바람에 시달리고
때로는 태풍에 꺾이고,

그렇게 한 세월 가고 나면
육신도 영혼도 메말라
갈색 갈바람 소리가 나고,

삶과 죽음의 경계도 풀어져서
삶인지 죽음인지 희미해지고,

적막한 겨울 황혼.

열없이 사위어 가는
사위어감의 쓸쓸함.

2004. 4.

對話

너와 내가 만나
"그래, 그래, 그렇고 말고."
눈으로 스며들고
마음으로 스며들어
하나로 흐르는
대하大河.

이승과 저승의 길을 열고
죽은 자와 산 자가 만나
"그래, 그래, 그렇고 말고."
한도 풀고 원도 풀고
함께 극락왕생하는
굿.

2004. 3.

사랑은

사랑은
때로는 여울로 흐르고,
때로는 도도히 흐르는 강.

때로는
가득한 크나큰 호수.

때로는 해일海溢.
때로는 잠자는 바다의
반짝이는 잔물결.

사랑은
물의 몸짓으로
영혼의 빈자리를 채우고
환희로 넘치는 것.

1997. 8.

첫 눈

간 밤
꿈에 본 소녀가
몰래
하얀 연서戀書를
전하고 갔다.

설레는 마음,

행복하다.

1997.

마음이 길을 만들지

아침마다 하늘로
날아간 새들이
노을빛에 물들어
돌아오는 숲.

강물은
물길 따라 흘러 흘러
바다에 들고,

구름은
마음 없어 자유로운 것.

우리네 애타는 사랑은
어디에나 있고
어디에도 없는 것.

마음이 길을 만들지.

2004. 1.

말하라 행복했다고

어느 세상에
아프지 않고
서럽지 않은
인생이 있다던가.

봄 여울에
꽃잎 하나 일렁이고
황혼이 적막한
가을 냇물에
나뭇잎 하나 흘러간 사연이
아련한 기타 선율의
'로망스'로 들려오거든
말하라
행복했다고.

2005. 1.

별

별들이 날 보고
외롭다고 한다.

저 많은 별들이
저 많은 별들 속에서
저마다 날 보고
외롭다고 한다.

가만히 쳐다보고 있으려니
정말 외로운 것 같다.
꼭 나처럼 외로운 것 같다.

내가 조금 웃어 보이자
별들도 조금 웃어 보이는데,
그들의 눈에서 눈물이 반짝한다.

내 눈에서도 눈물이 반짝하고,
나도 그만 외로운 별이 되었다.

2003. 12.

가을 연못가에서

꽃 지고
잎 마르고
마침내 뿌리로 돌아간 연蓮.

물은 흐리고
생명의 잔해들 어지러워도
무심인가
긴 동안거冬安居에 들었다.

저기
눈 내리고
얼음 얼어
적막한 삼동, 그 겨울
지나고 나면

다시금 푸른 팔뚝 힘차게 뻗어
넉넉한 손바닥으로 하늘 받들고
목줄기 길게 뽑아
부처님 미소를 피우겠지.

바람 불고
비 뿌려도
티끌 하나 물기 한 점
용납하지 않는 청정심으로
스스로 정화하여

푸르른 자비로
남루한 세상을 덮고
뭇 정령들 일으켜 세워
버려라 버려라
비워라 비워라
손짓 하겠지.

물은 흐리고
생명의 잔해들 남루한
연못가에 서서
꿈결인 듯 그 손짓을 본다.

2004. 10.

虛無의 使者

하루를 살고
잠자리에 들어서
또는 눈을 감고 앉아서
또는 어두운 하늘을 내다보며
생각해 보라.
진실로 청정심淸淨心으로 보면
보리라, 오늘 하루도 허무였음을.

만상이 본래 허무인 것을,
악마는 황홀한 꿈과 희망을 속삭여
그대를 탐욕의 노예로 만들고
세상에 그의 왕국을 세우려 하느니.

보라,
산이 의미를 말하며
물이 이유를 말하던가.
산이 그렇게 있음도 허무요
물이 그렇게 흐름도 허무이거니,
그러나,

산은 산, 물은 물
그들이 저리도
자유롭고 평화로운 것을.

허무인 줄 알면서 살고
허무인 줄 알면서 일하고
허무인 줄 알면서 사랑하라.
그대가 산같이 물같이 되리라.

2004. 4.

진달래

4월 들자
아침마다 변하는
산색山色에 끌려
산에 들었더니
산 속이 온통
환한 아우성이다.

이쪽 비탈 진달래와
저쪽 비탈 진달래가
마주 보고 서서
손 흔들면서
깡충깡충 뛰면서
반갑다고 반갑다고
또 만났다고 또 만났다고
아우성이다.

날이 저물도록
지치지도 않고
반갑다고 손 흔들면서

또 만났다고 깡충깡충 뛰면서
벌겋게 상기된 얼굴로
왼 종일 왼 종일
아우성이다.

2003. 4.

비 개인 아침

간밤에
하늘과 대지가
한바탕 요란스레
사랑판을 벌이더니
이 아침
새 세상이 열렸구나.

하늘이 대지를 내려다보며
허허 웃고
대지가 눈을 흘기며
삐죽 웃는다.

나뭇잎들이 손뼉을 치고
참새들이 재잘거리고
꽃들이 낯을 붉힌다.

바람이 혼자
씨익 웃으며
"너희가 개벽을 아느냐."

2002. 5.

영월에서

강물도 휘어도는 청령포
섬 아닌 섬.
살아서 갇혀 살던 단종은
죽고서야
죄 아닌 죄, 인연의
덫에서 풀려나
한 마리 작은 새로 날아갔는가.
허물처럼 남아
바람만 드나드는 빈집.
오백년 단심丹心
말없는 적송赤松들만
하늘에 닿아 청청靑靑하다.

2005. 8.

노을

노을은
아름다운 영혼의
혼불
그리하여 황홀한
광채
그러나,
어느덧 사라지는
슬프고도 찬란한
숙명의 빛.

사랑이여.

1997. 8.

빈 들

모두들 가 버리고
텅 빈 자리,
허허벌판에
비가 내린다.

온 몸으로 키우고 익힌
곡식들 뿌리만 남겨 두고
다들 어디로 갔나.

이제 마지막 계절이 오면
시린 하늘 아래 맨몸으로 누워
아픈 사연만 맺힌 뿌리
가슴에 묻은 채
식어 갈 것을.

다들 가 버리고
텅 빈 자리
벌거벗은 가슴이
찬 비를 맞는다.

1995. 9.

뻐꾸기 운다

오월 한낮
뻐꾸기 운다.

세월은
한겨울 솔바람 소리,
때로는 아득히 흐르는
먼 강물.

철 따라
꽃이 피고
지고 또 피어도

사랑은 석류처럼
알알이 익어가는
고독.

오월 한낮
뻐꾸기는 울어 울어…

1958. 5.

가을

낙엽 밟는
여인들의 가슴이
능금 향기로 익어가고,

그리움은
억새꽃으로 피는데,

밤이면 하늘 가득
외로운 영혼들의
눈동자.

1956.

코스모스

1

끝내 피울 길 없는
사랑으로 목숨이 잦아
한 떨기 꽃으로 피어난
여인의 넋이여.

이제사 그 누구
기다릴 이도 없는
그 길목에 서서
끝내 버리지 못하는
그 가련한 자태는
그대의 슬픈 습성.

붉은 정념과
하얀 체념으로 짜인
긴 세월.

세월처럼 아득한
그리움에 여윈

몸매.

참말 무심히도 펼쳐진
가을 하늘이
그리운 이의 눈동자를 닮아,

밤—
별을 우러러
이슬에 젖는
아미여.

2

내 마음
아득한 지평에
해마다 그대 씨앗을 뿌림은
어디메 무슨 그리움 있어
그대 닮은
슬픈 습성인가.

1957. 9

樹木

시원始原부터
하늘을 우러러
발돋움하며 살아온
수목.

해마다 낙엽은
땅에 쌓이고……

1961. 11.

제2부

갈 곳 없는 바람

꽃은

꽃은
저만치 서서
향기를 전하고
눈길을 줄 뿐
말하지 않는다.

말은 할수록
외로워지고
사람은 알수록
슬퍼지는 것을
꽃이 알까마는

꽃처럼 살지 못해
나는 늘 아프다.

2005. 5.

月印千江之曲

월인천강月印千江이라 했던가.

강심江心 깊숙이 잠긴
화안한 달덩이.
강 속이 맑고 밝은 세상이다.

달은 높고 밝아
천강千江에 월인月印이거니,
우리네 가엾은 중생이야
한 사람의 영혼 속에
작은 불빛으로 잠길 수 있어도
극락일 것을.

젊어서는 젊은 대로
늙어서는 늙은 대로
가슴 속 빈 형상으로 잠겨 있는
애달픈 그리움이
달덩이 같은 임이던가.

강도
명경明鏡이라야 월인月印이려니,
바람 불어 바람 불어
분노의 강이여.

2004. 7.

목마름

젊어서 아팠던 계절에는
이슬비에 젖는 라일락 향기가
나를 목마르게 했다.

지옥의 유황불이 숨통을 틀어막던
분노의 계절에는
골목길 어느 집 담을 넘어오는
맑은 웃음소리가
나를 목마르게 했다.

모든 갈 것은 가고
적막한 이 계절에
아름다운 사람들이
아름답게 산 이야기가
나를 목마르게 한다.

세월이 가도 한은 남아
용렬한 중생.
부처님 지당한 말씀은

백 번을 외워도 도리가 없고,

맑은 인정人情이 건네는
물 한 모금이 그립다.

2004. 7.

情

세상 사람들이 그리도 탐하는
부귀영화 입신양명
그거 탐나지 않고,
바보라서 그런지
정말 탐나지 않고,
몰라서 그런지
눈 아래 보이는데,

평생토록
눈물나게 그리운 것은
오직 하나 정이더라.
세상 살맛나게 하는 것도
오직 하나 정이더라.

주어서 충만하고
받아서 가슴 열리는
영혼과 영혼의 대화
정밀靜謐한 숲속 오솔길

적막한 영혼들이
저마다 정을 찾아
꿈길을 헤매지만
상처입고 돌아오는
아픈 가슴
지쳐서 돌아오는
빈 가슴

검은 하늘을 우러러
엉머구리처럼 통곡하는
밤이 쌓이고

마침내
영혼의 무게만큼
깊은 해저로 침몰하는,
침몰하는 영혼들.

2004. 1.

잔인한 세월

먼 산 능선 따라
산불처럼 노을이 타고,

갈 곳도 머물 곳도 없는
이 육신은
어딘지도 모르는 여기
이 길 위에 이렇게 서서
하늘 끝을 떠도는
내 영혼을 본다.

살수록 삶은 적막하고
늦가을 밤비처럼
아득한 사념思念.

어디메 작은 불빛 한 줄기
또는 어느 길섶에
하얀 들찔레꽃 한 송이 피었어도
세상은 자비慈悲였을래
잔인한 세월.

마침내 이 육신
한 잎 마른 풀로 땅에 누우면
내 영혼은 또
구천九泉에서 떠돌 것인가.

2003. 1.

죽음이 남긴 자리

죽음은
죽음마다 아픈 자리를
남기는 것이지만,

마음 주고 살던 사람이 죽는 것은
날 죽이는 것이다.

거기 가도 그는 없고
지난날의 기억들이
저녁하늘에 별 돋아나듯
하나 하나 생생하게 살아나
날 죽이는 것이다.

내 마음 가져가 버리고
함께 하던 낚시도 가져가 버리고
함께 하던 등산도 여행도 바둑도
다 가져가 버리고
그 하나하나의 자리에
노을처럼 타는 그리움.

그 하나하나의 빈자리에
헛것(虛像)으로 서 있는
내 존재의 외로움이
나를 죽이는 것이다.

2007. 8.

가을에는

가을에는 어디메
그리운 사람 하나
있었으면 좋겠다.

여름 하늘 저녁노을만큼이나
고운 가을산 모롱이를
돌아서 가면
거기 어디메
그리운 사람 하나 있었으면 좋겠다.

한 친구처럼
또 우리 어머니처럼
다시는 볼 수 없어
그리운 사람 말고,
언제라도 거기 가면
싱긋이 만날 수 있는
그리운 사람 하나
있었으면 좋겠다.

일상은 절망과 분노의
인간사에 시달리고
외로워서 힘이 들어도
가을에는 어디메
그리운 사람 하나
있었으면 좋겠다.

2007. 10.

참 많은 세월을 살았네

참 많은 세월을 살았네.
그 많은 세월
살았다 싶은 날 있었던가 몰라.
팔자에 코 꿰인 소가
묵묵히 달구지 끌 듯
젊음도 꿈도 사랑도
다 저당 잡히고
그 멀고 험한 길
용케 견뎌 왔네.

세월 다 가고 나서
거울 앞에 앉아
찬찬히 살펴보니
마른 나무껍질 같은
낯선 늙은이가 하나
슬픈 얼굴을 하고,

눈 감고 생각해보니
넋은 나가고 속은 비어

매미가 벗어 놓고 간
허물이 하나.

어디를 가나 밤안개처럼
스며들던 고독이
어느새 저승사자의 모습을 하고
히죽이 웃고 있네.

2003. 1.

이 가을날

이 가을날
하늘은 저리 높아
푸르르고
산야山野는 저리 맑아
햇살 반짝이고

단풍잎 하나의 표정
은행잎 하나 지는 몸짓

명주실 같은 바람 서너 오라기
억새꽃 만나 인사 나누고

빈 들판에 한가로운
미루나무 두어 그루

모두들 저토록
맑고 자유로운 영혼인데

여기
비바람에 찢긴
남루한 영혼을 걸치고
철 지난 허수아비 하나
이렇게 서 있다.

1996. 11.
낚시 가던 길에

晩秋

이 적막하고 역겨운 세상,
그래도 때가 되면 어김없이
찾아와 주는 고운 님이 있어
애써 절망을 밀어내며
한 해를 사는가.

언제나 말없이
환한 웃음으로 찾아와
애기 달래듯 영혼을 안아 주고,

때가 되면
쓸쓸한 미소로
떠나는 여인.

조금만 더 있어 달라고
졸라보지도 못하고
눈물 글썽글썽 바래고 섰으면
돌아보며 돌아보며
석양 속으로 멀어져 가는

슬픈 내 사랑

그가 가고 나면 나는 또
적막한 오한을 견뎌야 하고
더러는 분노의 열병을 앓아야 한다.

2004. 11.

단풍을 보며

단풍 드누나,
했더니 어느 새
지는구나.

고운 때깔 그대로
내려앉은 잎새들.
나무 밑이 때 아닌
꽃밭이다.

세월은 시작도 끝도 없고
어제와 오늘이 다른 것도 아니거니,
그 세월 한 자락
잠시 잡았다가
떨어지는 생명들.

죽음은 생명의 숙명인데
생의 순간순간이
죽음을 거부하는 안간힘이다.

잎 나고 꽃 피고
열매 맺고 단풍 들고…

이 모든 현상이
살아남기 위한 몸부림이거늘
그 애달픈 몸부림이 어쩌면
저리도 곱단 말인가.

섭리가 비정한가
생명이 슬픈 것인가.

2003. 11.

갈 곳 없는 바람

새는 돌아갈 숲이 있고
나비는 찾아갈 꽃이 있다.

산도 해그름에는
제 그림자를 뻗어
건는산을 찾아간다.

울고 있느냐
나의 영혼아,

우리네 영혼이야
애시당초 갈 곳 없는
바람인 것을.

겨울 밤
이 산 저 산 떠돌며 우는
바람소리 들었더냐.

2006. 3.

겨울산에서

겨울산에 해 기울어
잎 떨군 봉우리 맑은 이마에
여윈 햇살이 곱다.

인생이 저물어도
맑으면 고울 것을.
상처마다 낀 때가
언제면 다 씻길런가.

홀로 낙엽 위에 앉아
지는 해를 지킨다.

2003. 12.

湖畔에서

새벽 길 수 백리를 달려와
이 끝없는 호수 한 자락에
낚시 하나 던져 놓고
이렇게 앉아 있다.

부지런히 미끼를 갈아 주고
열심히 찌를 살펴도
시원한 입질 한 번 없다.

어쩌다 헛 입질에 속아
채고 보면 빈 낚시.

이렇게 날이 저물고
호면湖面에 어둠이 내리면
낚시를 걷어 돌아가야 하리.

여태 빈 바구니가
그 때라고 채워질까.

어쩌다 한 마리 낚는다 해도
어쩌랴 놓아주고 갈 밖에.

(— 인생이 그러하거니.)

1997. 8.
춘천호반에서

술 한 잔 거나하게 걸치고

술 한 잔 거나하게 걸치고
밤 깊어 거리에 나서면
사람 흔적은 없고
종횡으로 질주하는
하이얀 도깨비
빠알간 도깨비
도깨비 불.

낮은 낮이라
낮도깨비 세상.
밤은 밥이라
밤도깨비 세상.

그리운
사람 사는 마을은
어디 있는가.

술 한 잔 거나하게 걸치고
밤 깊어 거리에 나서면

휘황한 도깨비 세상에
창백한 가로등.

1997. 3.

蘭香처럼

난향蘭香처럼
문득 다가와서
오래 닫혔던 가슴
활짝 열어
오월의 훈풍
오월의 햇살로
가득 채워 놓고
난향처럼 홀연히
사라진 것이냐.

세월이야
강물처럼 흐른다지만
철따라 강심江心에 어리는
풍경을 어찌하라고.

단풍 들겠지,
단풍 들겠지…

찬 하늘 밤바람에
가랑잎 쓸리는 소리
들리겠지,
들리겠지…

1997.

저승꽃

가도가도 황막荒漠한
폐허에 바람으로 살아,
한 번도 꽃으로
피어 보지 못한 영혼인데,
억새도 화안하게
꽃을 피우는 철에
서럽고 원통했던가
두견새처럼
피울음 울어 울어
검은 피 점점이
저승꽃이 피었네.

1997. 12.

그리워

그리워 그리워서
나 말 못 하네

가슴속 불길만
산불처럼 번질 뿐

그리워 그리워서
나 말 못 하네

1997. 8.

거리의 악사

비가 와서 적막한
근린공원.
거리의 악사 중년의 사나이가
바이올린을 켜고 있다.

깊숙이 눌러 쓴 모자에서
빗물이 떨어지고
바이올린도 비에 젖는데
연주를 멈추지 않는다.

생활이 고단한가
지긋이 내리감은 눈매에
우수가 서렸는데
그래도 나는
그가 부럽다.
그의 곁에
플루트를 든 작은 딸아이가
그를 쳐다보고 있으므로.

비가 와서 적막한
근린공원
비에 젖는 거리의 악사
부녀상 앞에
듣는 이는 나뿐,
아다지오로 날이 저문다.

2006. 8.

내가 죽는다는 것은

내가 죽는다는 것은
저 하늘과 들
산과 강 그리고
슬프고도 찬란한 저녁노을을
다시는 보지 못한다는 것이고,

내가 죽는다는 것은
수십 년 세월,
나의 분노와 적막을
묵묵히 지켜 준
내 가난한 수련睡蓮과 난蘭
그 고운 얼굴과 맑은 향기를
다시는 만날 수 없다는 것이고,

내가 죽는다는 것은
해질녘의 잔잔한 피아노소나타,
한밤의 대금산조 그 흐느끼는 가락을
다시는 들어보지 못한다는 것이고,

내가 죽는다는 것은
보고 싶은 사람을
다시는 보지 못한다는 것.

—그런 것이다.

1995. 2.

사람 한 세상

사람 한 세상
허허虛虛롭구나.

동 남 서 북
맴돌고 맴돌아도

한 걸음 내어 디딜
향방向方이 없어

하늘 한 번 쳐다보고
고개 떨구다.

1996. 10.

제3부
적막

蘭

난蘭은 없는 듯이 있다.
반평생을 함께 살아도
없는 듯이 있다.
우연히 눈길이 마주치면
조금 웃어 보이고는
이내 제 자리다.
난의 일상은
그 자체가 명상이다.
꽃대 돋는 것을 보거나
개화開花를 발견하고 내가
반색을 하면
웬 호들갑이냐고 나무라듯
짐짓 모른 체한다.
그러나 때로 내가
너무 적막해서 힘들어하거나
세상사로 분노에 떨고 있을 때
측은한 눈빛으로 오래
날 지켜보기도 한다.
어릴 적 내가

슬픔에 젖어 말을 잃고 있을 때
우리 할머니가 그러셨던 것처럼.

난은 꽃이 피어도
없는 듯이 있다.
난향蘭香도 없는 듯이 있다.
그러나,
아침에 일어나
방문을 열고 나오거나
밖에 나갔다가
현관문을 열고 들어서면
기다린 듯 맞이해 준다.
그리고는 또 없는 듯이 있다.
내가 일에 열중하고 있을 때
간혹 슬며시 다가와서
잠시 머물다가 가는 때도 있다.
옛날 우리 집 애기가
일하고 있는 아빠 곁에 와서
말똥말똥 한참 쳐다보다가 갈 때처럼.

그럴 때는
나도 빙긋이 웃지 않을 수가 없다.

난蘭은
몇 년 만에 만나도 할 말은 없고
싱긋이 바라보거나
그저 바둑 한 판 두다가
하룻밤 자고 가면 흐뭇한
그런 친구와 같다.

2003. 9.

가을 난(秋蘭)

쓸쓸한 꿈을 꾸다가 일어나 보니
난꽃 한 송이가 떨어져 있다.

변색도 변모도 없이 단아한 모습 그대로,
난꽃은 그렇게 진다.

한 달 넘게 바라보고 산 꽃들인데
이제 갈 때가 된 것이다.

꽃이 피던 날은
혼자라서 적막했는데
꽃이 지는 날은
혼자라서 좋다.

기쁨은 활짝 펴서 찬란한 기쁨이 되고
슬픔은 오롯이 갈무리해서
참으로 슬픔이 되는 것.

우리는 그렇게 만나고
그렇게 헤어진다.

가을 난(秋蘭)이 지고 나면
햇볕도 바람도
쓸쓸한 표정이 된다.

2004. 9.

동백 첫 꽃이

동백 첫 꽃이
빨간 입술을 내밀고
입을 맞추잔다.
깜찍한 것.

며칠 있으면
너도 나도 한꺼번에 덤벼들어
야단법석을 떨겠지.
귀여운 것들.

옛날에 한 제자가
해남에서 데려온 꼬마 동백이
어느 새 어엿한 처녀로 자라
해마다 한 번씩 나를 유혹한다.

저들은 해마다 청춘이지만
나는 늙어 오그랑바가진데
그걸 모르고 덤비는 건지
알고도 재롱을 떠는 건지.

어쨌거나 나는
즐겁고 고맙다.

어느 해 저들이 피었을 때
내가 죽고 없으면
저들은 어떨까?
그러려니 할까?
시무룩해서 고개를 떨굴까?

생각해 봐야겠다.
죽기 전에 좋은 사람을 찾아
시집을 보낼까
고향에 데려다 줄까.

2004. 12.

꽃잡고 사노니

내 옹색한 거처에
엊그제 동백 지고
오늘은 청매青梅 핀다.

살고 보면
인생 시말始末이 다
인연의 곡절인데
어떤 인생은
인연마다 꽃길이요
어떤 인생은
인연마다 늪이요 덫이더라.

인연마다 늪이 되고 덫이 되어
원도 많고 한도 많은 인생이
무심도 해탈도 가당찮고 보면
다만 꽃을 잡고 사노니,

꽃이 피면
소리쳐 부를 이름이 없어

반가움이 슬픔이 되고
꽃이 지면 맞추어 볼 눈길이 없어
먼 하늘을 본다.

2007. 1.

가을 뜰에서

뜰에 남은 꽃들이
찬 비를 맞는다.

비에 젖어
꽃잎이 지는데,
'안녕' 하고
꽃잎이 지는데,

'안녕' 하고
꽃들은 슬퍼하지 않는다.
한 철 살대로 살았으니
서러울 것 없단다.

그런 것 아니냐고
'안녕' 하고
나에게도 인사를 하는데,

나는
'안녕' 하고 인사를 못하고

아까부터 혼자 쓸쓸하다.

한 철 인연도 인연인데
다들 가는구나
가는구나 하면서
자꾸 쓸쓸하다.

2003. 9.

난꽃 피는 날

여보게,
간밤에 우리집 난꽃 피었네.
그렇지.
난향 곁들여
맑은 술 한 잔 하세.

이런 기별 할 세태가 아니라서
난꽃 앞에 두고
홀로 술잔을 기울인다.

2004. 9.

들찔레꽃

나 어릴 적 내 고향에는
하얀 들찔레꽃이 피었었네.

봇도랑 따라 꾸불꾸불
메마른 들길.
그 척박한 길섶에
가시덤불 둥지를 틀고,
오고 가는 농부며 소들의
발길에 차이고 밟혀도
오히려 민망한 듯 움츠리고,
봄이면 새 줄기를 뻗어
하얀 꽃을 피우는 들찔레꽃.

오가는 가난한 사람들
눈길 한 번 주는 일 없어도
가슴속까지 진한 향기를 전하는
정이 많은 꽃.

희디흰 속살 열어
수줍고 수줍어도
화심花心은 황금빛 햇살
순정의 불꽃.

엄마 잃은 어린 머슴애가
몰래 사랑한
서러운 첫사랑.

지금은
들길도 들찔레꽃도
흔적조차 없어지고,
낯익은 얼굴 하나 없는
잃어버린 고향이지만,
마음 아파 서러운 날
눈 감으면 다가오는
그리운 얼굴
다정한 눈길
하얀 들찔레꽃.

나 어릴 적 내 고향에는
하얀 들찔레꽃이 피었었네.
무명옷 입은 사람들의
무명 같은 마음씨도 있었네.

2003. 2.

옛날 옛적에

왼종일 이글이글 대지를 달구던 태양이 서녘 하늘에 고운 노을을 펼쳐 놓을 즈음, 들일 나가셨던 할아버지께서는 풋풋한 풀향기 앞세우고 노을빛을 받으시며 사립문에 들어서셨다.

한가롭게 드러누워 눈을 반쯤 감고 게으른 새김질을 하고 있던 우리 집 암소가 싱그러운 꼴 냄새를 맡고 벌떡 일어나 할아버지를 향해 그 못생긴 뿔을 연신 조아리고, 할아버지께서 한 바지게 싱싱한 꼴을 그 앞에 풀풀 흩어 놓으면 암소는 코를 벌름거리며 숨이 차게 휘감아 넣었다.

할아버지께서 흐뭇한 미소를 지으시며 잠시 그 모습을 지켜보시다가 우물가로 가시면 댕기머리 고모는 할아버지 바지게 바닥에서 수박 한 통, 개구리참외 몇 개를 안고 가 찬 물에 채웠다.

처마 끝에 지등이 하나 내걸리고, 마당 한가운데에는 나무 평상이 하나, 큼직한 멍석이 하나. 그 옆에 모깃불 연기가 풀풀 피어오르고, 생풀 타는 향기가 온 집안에 가득 퍼지고…

할아버지께서는 평상에서 저녁상을 받으시고, 할머니께서는 멍석에서 상을 받으시고, 어머니와 고모, 누나와 나는 멍석 바닥에서 저녁을 먹었다.

상을 물린 할아버지 장죽長竹에서 파란 담배연기가 솔솔 피어오르고 부엌에서는 조용한 설거지 소리.

어머니와 고모가 설거지를 마칠 즈음이면 어둠은 한결 맑아지는데, 고모는 수박을 쪼개고 개구리참외를 깎아 평상에 한 상, 멍석에 한 상. 고모가 저녁 이슬에 눅은 빨래를 걷어 오면 어머니는 다리미에 숯불을 피워 오시고, 둘이 마주 잡은 흰 빨래 위를 오르내리는 다리미 숯불이 유성처럼 고왔다.

수박 먹기에 정신이 팔린 나는 수박물이 배를 타고 내려가 대추 끝에서 똑똑 떨어지는 것도 모르고 손바닥으로 뽈록한 배를 두드리며

"배이야 배이야 커거라 논 서 마지기 있다."

노래를 부르면 하늘에서 별들이 이슬로 내리고, 헛간채 초가지붕 위에서는 박꽃들이 갓 시집 온 새댁의 얼굴을 내밀고 하얗게 웃고 있었다.

옛날 옛적에.

2002. 7.

어머니

열 한 살짜리 아들이
처음으로 땔나무 한 짐을 해다가
부엌 바닥에 풀어 놓았을 때
어머니가 그걸 보시고
"이제 너 데리고도 살겠구나."

그로부터 한 달이나 되었을까?
섣달 하늬바람
매섭게 불던 날
호곡소리와 함께
어머니 옷가지가
지붕 위에서 휘둘리고…

그 날부터 내 영혼도
찬바람이 된 것을
훗날에 알았다.

2002. 12.

밥상

엄마한테서 밥상 한 번 받고 싶다.
밥상 앞에 앉아서
내 밥술을 지켜보며
흐뭇해하는 엄마와
겸상 한 번 하고 싶다.
엄마는 지금도 서른 셋
나는 일흔 살.
엄마하고 있으면 나도 열한 살.
일흔 살 아들이
아흔 둘 어머니께
밥상 한 번 올리고 싶다.
어머니 밥술을 지켜보며
겸상 한 번 하고 싶다.

2004. 10.

어머니의 초상

내가 아기일 때
첫잠을 자고 눈을 뜨면
내 시야를 가득 채우고 있는 것은
화안한 어머니의 얼굴이었다.

내 머리맡에
등잔불을 켜 놓고
바느질을 하시다가
내가 깨는 것을 보시고
목련꽃처럼 피어나던
어머니의 미소.

해마다
사월 화창한 날
어머니 젖살 같은
목련꽃이 벙글면
파란하늘에
달덩이처럼 뜨는
그 얼굴을 본다.

2005. 4.

외할머니의 초상

적막해서 힘이 드는 밤
창가에 서면
깊은 하늘에
별무리로 뜨는,

가다가
가다가 문득 돌아보면
흰 손 들어
가라고
어서 가라고,

무너져 흐느끼다가
흐느끼다가 얼굴 들어 보면
저만치서 지켜보고 계시는
백발의 온화한 초상.

2005. 9.

省墓

앞뒤가 청산靑山이요
좌우 또한 청산靑山인데
우러러보니
청천靑天에 백운白雲 두어 점.
절경 명당에
외할머니 내외분
다정하게 앉아 계신다.

앞자락에
작은 풀꽃들
재롱떨며 놀고,
철 바뀌면
둘러선 백일홍들
곱게 피겠다.

"2·8에 출가하여
벼룩 한 마리 꿇어앉을
제 땅이 없는 살림살이,
죽 솥에 단지밥이며
단지주혈斷指注血도 보람 없이

방년 스물 하나에
부군夫君 사별死別하시고
슬하에 어린 여식女息 하나…"

절절한 행장行狀
현석玄石에 새겨 두고
지금은 낭군님 곁에서
편안하신데,

엎드려 절하는 늙은 외손자
이리 흐느낌은
외할머니 그리움인가
내 서러움인가.

석양이 적막한 골에
늙은 노루 한 마리
우두커니 서서
먼 하늘을 본다.

2003. 4.

커피를 마시며

언젠가 집의 아이가 다녀간 날,
밤에 비가 내렸는데,
밤이 깊어갈수록 더욱
세차게 비가 쏟아졌는데,

커피를 끓이려고
커피통을 열었더니
커피통이 가득 채워져 있었다.

그 날 밤 나는
아이가 다녀간 빈자리를
커피 한 잔으로 따뜻하게
메울 수 있었다.

지금 밖에는
낙엽을 재촉하는 비가 내리고,
나는 혼자 앉아
커피를 마신다.

멀리 나가 있는 아이와
비에 젖어 빛을 잃는
낙엽을 생각하면서.

2003. 11.

손녀

세 살짜리 손녀가
서른 살짜리 에미 애비 손을 잡고
예순 넘은 할애비를 찾아왔다.

할애비는
온갖 뇌물 갖은 아양으로
아부를 해도 한사코 마다하고
애비만 붙들고 논다.

밤이 깊어 갈수록
손녀는 씽씽 힘이 솟고
애비는 삶은 시래기가 되어
그만 자자
그만 자자
애원을 하면서도
연방 히죽히죽 웃고
손녀는 쉴 새 없이 깡충깡충 뛰면서
애비를 끌고 다닌다.

그 노는 양이 영락없이
제 애비 제 나이 때
할애비 붙들고 놀던 양이라
그 애비에 그 딸이다 싶어
할애비도 히죽이 웃어 보았다.

2003. 3.

이 일을 어쩌누

아가야
이 일을 어쩌누

향기를 잃어버린 장미의 사랑을,
계절을 잃어버린 국화의 고절孤節을
무슨 수로 너에게 가르치누.

사람과 신의를
사랑과 진실을
자존과 성실을
세상과 정의를
할애비가 아무리 가르친들
네가 커서 보면 믿을 수 없을 것을.

무슨 수로 너에게
세상을 가르치고
인생을 가르치누.

아가야
이 일을 어쩌누.

2004. 10.

화전민

내 얻어 듣기로 도솔천에 들면 윤회를 그친다 했는데, 윤회를 그침이 극락 중의 극락임을 '이 나이 되어서야 깨쳤네마는, 내 무슨 적선積善 있어 도솔천에 들겠는가. 어차피 윤회를 면치 못 할 양이면 먼 산 깊은 골에 한 그루 나무로 환생하거나, 인적 없는 산자락에 한 포기 산꽃으로 피었다 갔으면 좋으련만, 그도 저도 안 되고 또 다시 인간으로 환생한다면 기필코 화전민이 되리라.

산에다 불 지를 일 없으이. 골짝마다 지천으로 버려진 묵은 밭뙈기 일구어 감자랑 강냉이랑 채소도 심어 놓고, 아침나절 시원할 때 가시버시 나란히 밭을 매고, 밭 매다 눈 맞으면 살짝 사랑판도 벌이고, 햇님이 지켜보고 구름이 웃고 가는 거야 우리도 웃어 주면 되지. 바람이 땀을 씻어 주면 고마운 일이고 산새들 조잘대는 거야 그러라지 뭐. 신명이 다하면 한 숨 돌리고, 맨살로 맨 땅에 드러누워 대명천지에다 대고 한 바탕 웃어주면 그 아니 통쾌하랴. 개울에서 목욕하고 보리밥 한 사발 찬 물에 말아 풋고추 된장 찍어 먹으면 진미가 따로 없지.

밤 들면 박꽃 핀 지붕 위에 아기별들 내려와 놀고, 산새들 꿈꾸는 산은 적묵寂默. 우리는 깨어 있어 우주의 밀어密語에 귀 기울이고. 비 오는 날은 툇마루에 앉아 우전雨田 운산雲山 하늘과 땅의 운우지정雲雨之情도 배우고.

청산青山이 풍악楓岳되면 겨울 양식 갈무리하고, 마음은 가을 하늘 가을 햇살로 채우고, 단풍이 타오르는 산봉우리, 억새꽃 순결한 물결의 골짜기, 그 속에 둥지를 튼 우리는 한 쌍의 산노루.

하늘에서 찬바람 내리면 삭정이들 주어다가 구들 덥히고, 남은 불 화로에 담아 찻물도 올려놓고, 찬 하늘 황혼이라도 바라볼 사람 있어 외롭지 않으리. 저물도록 하염없이 눈이 내리는 날은 우리도 다습게 보듬고 누워 눈이 속삭이는 사연 들어주고, 그러다가 잠들면 아기 들꽃들 봄볕에 아장이는 꿈을 꾸리라.

머리 위에 오직 하늘만을 이고 산과 골 그 속에 뭇 생명들 함께 숨 쉬며 살거니, 서로서로 눈길 주며 물소리 바람소리 더불어 절로절로 사노라면 한 그루 나무나 한 포기 산꽃만은 못해도 버금은 가리라. 버금은 가리라.

2002. 8.

제4부

사람이 꽃보다 아름답다 하는가

소라 껍질

철 따라
날아왔다 날아가는
새들에게
속을 빼어 먹힌
소라껍질들이
바람이 부는 대로
나팔을 분다.

어두움 속에서
신음하는
외로운 바다여.

2002. 3.

파도와 갯바위

갯바위는 억만 년 묵묵히 버티고 서서
그 무릎 아래 따개비 고둥 바윗게
돌미역 돌김… 나는 대로 새끼들을 기르고,
파도는 억만 년 밀려오고 밀려와서
그들에게 자양을 공급하듯이,
우리네 가난했던 지아비 지어미가 그러했느니.
모진 풍상 묵묵히 견디며
치마폭 하나로 새끼들을 지킨
지어미가 아니 그러했으며,
오로지 새끼들 먹이 걱정에
뒤척이며 뒤척이며 잠 못 이루던
지아비가 아니 그러했더냐.
지어미도 지아비도
새끼들 아픔을 아파하고
슬픔을 슬퍼하고
기쁨을 기뻐할 줄 알 뿐
사랑한다는 생각도
사랑한다는 말도
할 줄 몰랐거니.

천박한 세상에 간사한 인자人子들은
입이라도 다물 일이다.

2004. 4.

국화 피는 철에

국화가 피는 철인데,
소쩍새 울음도
먹구름 속에서 울부짖는 천둥도
무서리도* 다
인연이 없는 국화는
피는 철도 지는 철도 없이
사철 상가喪家의 빈소나 지키고,

국화가 피면
벗을 불러 청담淸談을 즐기던
옛 선비들의 아름다운 풍속은
미친 바람에 휩쓸려
흔적이 없고,

머리통에 뿔 난 어른들부터
엉덩이에 뿔 난 애숭이들까지
독사 같은 혓바닥을 진검으로 휘둘러
죄 없는 사람들 심장을 찢어 놓고
오히려 개선장군처럼 도도한
세상이 되었다.

*서정주, 「국화 옆에서」

2004. 10.

꽃집

꽃집에는 꽃들이 있다.
팔리기 위해 허리 잘린
꽃들이 모여 있는 꽃집.

꽃집에는
봄 여름 가을 겨울
장미가 있고
백합이 있고
국화가 있다.

꽃집의 장미는 장미 향기가 없다.
꽃집의 백합은 백합 향기가 없다.
꽃집의 국화는 국화 향기가 없다.

꽃을 파는 꽃집에는
꽃이 없다.
꽃집에는
욕망의 사생아가 있고
상품이 있다.

2002. 6.

無明

빛이 있어
꽃은 꽃이 되고
꽃으로 산다.

푸른 하늘 밝은 태양 아래
향일向日의 의지로 사는 생령生靈은
얼마나 아름다운가.

무명無明의 동굴 속에서
끝없는 반역을 음모하는
어둠의 자식들은
그들의 조상이
두 갈래 혓바닥을 지닌
아편 먹은 독사라서
빛을 등진 탐욕의 무리들을
이브보다 쉽게 유혹하여
그들의 제국이
여름 하늘에 먹구름 퍼지듯
세상을 삼키고 있는데

부처님은 점잖게 가부좌 하신 채
눈 한번 껌벅하지 않으시고
하늘에 계신 하느님은
하늘에만 계신다.

2005. 3.

사람이 꽃보다 아름답다 하는가

꽃보다 아름다운 사람은
꽃보다 아름답다.

세상 환하게 밝히고
사람 살맛나게 하는 것이
살뜰한 인정말고 또 있던가.

그러나 말 좋아하는 사람들이여
사람이 꽃보다 아름답다고
말하지 말라.

꽃이 꽃을 속이던가
꽃이 꽃의 것을 빼앗던가
꽃이 꽃을 죽이던가.

장미가 되겠다는 풀꽃이 있던가
모란이 호박꽃을 깔보던가
아침에 피는 나팔꽃이
밤에 피는 박꽃을 비웃던가.

꽃은
저마다 꽃답고
꽃답게 사느니
그러므로 모든 꽃은
진실로 아름다운 것.

사람 세상에
꽃처럼 사는 이가
얼마나 된다고
사람이 꽃보다 아름답다 하는가.

2006. 4.

4 · 19 묘지에서

다시 사월이 오고
꽃이 피는데
피다가 진
그 날의 맑은 혼들은
웃고 있는가
울고 있는가.

북한산 산안개
푸른 너울 속에
한 점의 영정
이름 석 자
한 기의 무덤으로 남아
그들은 지금
울고 있는가
웃고 있는가.

그들의 고운 피가 스민
그 자리를
용렬하고 추악한
권력과 탐욕이

짓밟고 짓밟은 세월이
반 백년
그들이 그토록 사랑한 조국의
이 암담한 몰골을
그들은
웃고 있는가 울고 있는가
그 날처럼 분노하고 있는가

2007. 4.

서울, 2002년

썩은 골
썩은 간과 쓸개
썩은 창자가
죽 끓듯이 부글거리는
늪에서
사기와 폭력이
민주주의 하는 수도首都.
가지각색 도깨비들이
현란한 춤을 추는 무대.
섹스와 명품
돈과 권력이
인간을 거래하는 시장.
분노는 늪에 빨려 들어
메아리가 없고,
연꽃 한 송이 피지 않고
붕어 한 마리 살지 않는
저주의 늪에서
골이 빈 계집

쓸개 빠진 사내들은
해파리처럼 행복하다.

2002. 10.

도시

도시마다
치솟는 고층빌딩
욕망의 바벨탑

벌집 구멍마다
밤낮없이 불 켜 놓고
여왕벌의 증식을 위하여
부지런히 움직이는 일벌들.

까마득한 지상에는
발발거리는 개미떼
여왕개미를 위하여
무엇이든 물어 날라야 하는
작은 노예들.

현란한 욕망의 불빛에
도시의 하늘에는
별이 죽고,

지상에는
오뉴월 뒷간의 구더기처럼
들끓는 욕망
욕망의 난장
욕망을 위한 모든 것은
상품이 된다

모든 상품은
쓰고 나면 쓰레기.

도시는
욕망이 포식하고 배설하는
화려한 분지糞地이다.

2003. 1.

바다

어제는
절벽 끝에 서서
바다의 분노를 보았다.
허연 거품을 물고
소리 소리치며 달려와
절벽 아래에서
거대한 분노로 부서지는
바다의 포효.

오늘 밤은
작은 오두막에 앉아서
바다의 흐느낌을 듣는다.
잦아질 듯 잦아질 듯 흐느끼는
바다의 절망을 듣는다.

밤마다 내 꿈에는
바람 자고
햇볕 찬란한
바다가 찾아와서

발가둥이 아이들과
놀고 간다.

2005. 1.

갈 곳 없는 바람

2008년 3월 25일 1판 1쇄 인쇄
2008년 3월 30일 1판 1쇄 발행

지은이• 예 창 해
펴낸이• 한 봉 숙
펴낸곳• 푸른사상사

등록 제2-2876호
서울시 중구 을지로3가 296-10 장양B/D 701호
대표전화 02) 2268-8706(7) 팩시밀리 02) 2268-8708
메일 prun21c@yahoo.co.kr / prun21c@hanmail.net
홈페이지 //www.prun21c.com

ISBN 89-5640-615-2-03810
값 8,000원